Dafne

Heinrich Schütz

An den Leser.

Gvnstiger Leser / wie dieses Drama auß dem Italienischen mehrentheils genommen also ist es gleichfalls auff selbige Art vnd heutigem Gebrauche sich zu bequemen / wiewol auch von der Hand weg / geschrieben worden. Welches der Author zu seiner Entschuldigung setzt / dem sonst nicht vnbekandt ist / was die Alten wegen der Trawerspiele vnd Comedien zu befehlen pflegen. Die Fabel aber darvon hier gehandelt wird / ist bekandt; Daß nemlich Dafne / deß Flusses Peneus Tochter / nach dem sie Apollo auß Liebe verfolget / vnd zu seinem Willen zubringen vermeynet /die Erde vmb Hülffe anrufft / welche sie zu sich nimbt / vnd in einen Lorbeerbaum verwandelt.

Widmung

An die Hoch-Fürstliche Braut vnd Bräutigam /bey derer Beylager Dafne durch Heinrich Schützen im 1627. Jahre Musicalisch auff den Schaw-Platz gebracht ist worden.

Das starcke Liebes-Gifft / das vnsre hohe Sinnen /

Die von dem Himmel sind / mit seiner Krafft gewinnen

Vnd wann Vernunfft erliegt zu Boden reissen kan /

Sieh' O du Edles Par / auff diesem Schaw-Platz' an.

Sieh' an du freyer Heldt / du Bildnuß aller Tugendt /

Du Preyß der Zeit / vnd du / Sophie / Liecht der Jugendt /

Deß Vatters grosse Lust / der werthen Mutter Zier /

Sieh' an der Liebe Macht von der du für vnd für

Befreyt vnd sicher bist. Wer so wie du sich liebet

Mit vngefärbter Pflicht / wer seine Huld ergiebet

In Vrtheil vnnd Verstandt / ist klüger als der Gott

Der täglich zu vns bringt das schöne Morgenroth.

Ihm machet Dafne selbst von jhren frischen Zweygen

Den Krantz der nicht verwelckt; sein Nachklang wird nicht schweigen

So lange Liebe wehrt. Nim dann in Gnaden an /

Du duppeltes Gestirn / was Dafne geben kan;

Den jmmer-grünen Krantz / vnd dencke daß die Gaben

So Fürsten als wie jhr vollauff zugeben haben

Zwar groß / doch jrrdisch sind: die Flucht der Zeit vertreibt

Das vnsrig' vnd vns auch; was Dafne gibt das bleibt.

Personen deß Gedichtes

Ovidius / Vorreder

Dafne

Apollo

Venus

Cupido

Der erste Hirt

Der ander Hirt

Der dritte Hirt

Chor der Hirten

Der Nymfen vnd Hirten

Der Vorreder

OVIDIUS.

Ihr sterblichs Volck d' ich nit sterblich bin /

Kom' jetzt zu euch von den Elyser-feldern /

Wo vnsre Geister ziehen hin /

Vnd letzen sich in grünen Wäldern:

Durch deß bleichen Charons Meer

Komm' ich / O jhr Menschen her.

Ich bin der Mann der ich so rühmlich sang

In meine Harpff' vnd die beruffnen Seiten

Wie Amors Macht vnd harter Zwang

Den Himmlischen vor alten Zeiten

Hat verwandelt die Gestalt

In Geflügel / Wildt vnd Waldt.

Ich habe mich die schwere Liebes-Kunst /

O dich / mein Rom / zu lehren vnternommen;

Hab' auch gezeigt wie solcher Brunst

Ein Hertze wider ab soll kommen.

Daß man recht liebt kömpt durch mich /

Daß man nicht liebt thue auch ich.

Schaw' aber zu / was für ein heller Schein

Vmbgibt mich doch / vnd wessen werd' ich innen?

Was Majestät muß dieses seyn

Die mir bescheint Gesicht' vnd Sinnen?

Was doch blincket für ein Liecht?

Ist es mein Augustus nicht?

Ich kenne dich / du Blume dieser Zeit /

Du Zier vnd Spiegel aller Jugendt:

Der Rautenkrantz / die Freundlichkeit

Verrhätet dich O Glantz der Tugendt:

Alle Menschen loben dich /

Vnd die Elbe neiget sich.

Du edle Braut / wol deiner Lieb' vnd dir;

Ich aber will jetzt wie vorweilen singen

In was für Noth ein Cavallier

Vnd eine Dame sich kan bringen

Die nicht nach der Liebe fragt /

Vnd nur thut was jhr behagt.

Ich werdet sehn für schwerer Liebes-Pein

Denselben Gott mit nassen Säufftzen klagen /

Der vns den schönen Tage-Schein

Herumb führt auff dem güldnen Wagen.

Der vns allein gibt das Liecht

Sieht für Liebe selber nicht.

Der erste Act.

DER ERSTE HIRT.

Hinter diesem Schatten hier

Liegt das grimme Wunderthier:

Ihr Hirten weicht / geht weg jhr Schäfferinnen;

Schawt daß kein Ast sich nicht bewegt /

Daß kein Geräusche sich erregt /

Es wird sonst ewer innen.

DER ANDERE HIRT.

So müssen wir dann auß Gefahr

Die süssen Felder meyden /

Vnd können vnser Vieh vnnd weissen Lämmer Schar

Nicht sicher weyden?

DER DRITTE HIRT.

O Jupiter der mit Donner-Flammen

Erschütterst See vnd Landt /

Nim deine Plitz vn Hagel gantz zusamen

Beut her die starck Hand:

Komm vns Armen doch zu stewer

Wider dieses Vngehewer.

DER ERSTE HIRT.

Imb diesen Wald vn Schatten haben wir

Bißher gesehn dz Blutgetränckte Thier.

ECHO.

Hier.

Wie daß ich jetzund sicher bin?

Ists weg / ists anderswo dann hin?

ECHO.

Hin.

Ich weiß nit wie ich doch diß Ebenthewer deute.

Kömpt es ins künfftig auch noch wider für vns Leute?

ECHO.

Heute.

Ach! Ach! wer dann tröstet mich

Wann das Thier lässet sehen sich?

ECHO.

Ich.

Wer bistu welcher mir verheist so grosse Wone /

O bester Trost den je beschienen hat die Sonne.

ECHO.

Die Sonne.

Bist du der Gott auß Delos welcher sich

Mir zeigen will? O Sonne / hör' ich dich?

ECHO.

Ich dich.

Du du hast Pfeil' vnd Krafft; drumb stewre der Gewalt

Der grimmen Bestien / O Phebus also bald.

ECHO.

bald.

APOLLO.

So ist dann nun dem Drachen

Durch meines Bogens Macht

Gestillt der wilde Rachen?

Vmbringt jhn nun die Nacht

Der vor die Pest der Erden /

Die Schew der Menschen war?

Ihr Hirten bringt die Herden;

Ihr seydt nun auß Gefahr.

Ihr Nymfen windet Kräntze /

Hegt schöne Lobe-Täntze /

Kompt kühnlich in den Wald /

Singt daß die Heyd' erschallt.

Das Thier wird nicht forthin

Die Lufft vergifften können /

Vnd Kranckheit nach sich ziehn.

Erfrischet Hertz' vnd Sinnen;

Die Wangen müssen nun euch nahmals nicht verbleichen /

Sie sollen Lilien vnd roten Rosen gleichen;

Dann die Schlang' ist vmbgebracht

Die euch Kummer hat gemacht.

CHOR DER HIRTEN.

Dv grosser Gott der du de Fewer-wagen

Rings vmb den schönen Himmel führst /

Der du den Tag so offt es pflegt zu tage

Mit einem güldnen Mantel ziehrst /

Daß der helle Schein sich dringet

Durch der finstern Nächte Ruh /

Daß vns klares Liecht vmbringet /

O Apollo / das machst du.

Daß auff de Frost diß grosse Rundt der Erde

Sein grawes Winter-Kleyd ablegt /

Daß Wiesen / Feld vn Wald verjünget werden /

Daß deß Geflügels Heer sich regt /

Daß sie in den Lüfften fliegen /

Vnd vns lieblich singen zu /

Daß die Bäume Bletter kriegen /

O Apollo / das machst du.

Du Künste Gott / du Artzt du Traumaußleger /

Du Senger Fürst du Kraußpenhaar /

Du immer-jung / du Meister aller Jäger /

Von dir kömpt alles gantz vnd gar;

Doch dein Pfeil vnd schneller Bogen /

Deines güldnen Köchers Pracht /

Wird dem allen fürgezogen

Was dich sonst berühmet macht.

Wer kondt' ohn dich / O Phebus / vberwinden

Das wilde Gifft- vnd Flammen-Thier?

Komm / Cynthius / laß frische Kräntze binden

Vmb deiner gelben Haare Ziehr;

Laß die Blumen so wir haben

Dir O Vatter / lieber seyn

Als der Edlen Palmen Gaben /

Vnd der Cedernreichen Schein.

Der andere Act.

Cupido. Venus. Apollo.

CUPIDO.

Was suchet jhr /

O Königin der schönen Frawen?

Wollt jhr nach Rosen schawen /

Nach Lilien / zu ewres Häuptes Ziehr?

Nein / liebste Mutter / nein.

VENUS.

Was wird es dann wol seyn /

Mein Kind / das mir gebricht?

CUPIDO.

Wol Lilien noch Rosen nicht:

Adonis liegt euch in den Sinnen.

Vnd wo ein schöner Hirte sunst /

Die Vrsach einer newen Brunst /

Mag angetroffen werden können.

VENUS.

Du kleiner Bösewicht.

CUPIDO.

Seht jhr den Gott auß Delos nicht?

VENUS.

Was wird hernach doch auß dem Himmel werden?

Gehn jetzt doch fast die Götter gantz vff Erde.

APOLLO.

Erzehle / du berühmbter Schütze /

Worzu sind dir die Pfeil vnd Bogen nütze?

Ist ein grimmes Thier

Das du meinest vmbzubringen /

Oder auch gedenckst du dir

Einen Drachen zu bezwingen?

CUPIDO.

Zwar Python ist durch meine Hand /

Apollo / nicht entleibet worden;

Jedennoch ist bekandt

Was ich für Thaten thue.

Ich bin so wol in deinem Orden /

Bin auch ein Gott wie du.

APOLLO.

Das weiß ich wol; doch wan dein Vogen

Wird von dir abgezogen /

Machst du sehend andern Wunden / /

Oder triffst du auch verbunden?

VENUS.

Im Fall du ja wilt wissen /

Apollo / was mein Sohn

Erwiesen hat im schiessen /

So höre nur hiervon

Was neben vns Neptun im Wasser sage /

Vnd vber vns der Jupiter;

Geh' vnter vns zum Pluto hin vnd frage;

Alsdann komm wider her.

APOLLO.

Weil Himmel / See vnd Erden /

Vnd was darunter lebt /

Von dir gezwungen werden /

Weil dir nichts widerstrebt /

So zeige man mir doch noch einen Himel an /

Noch eine Erdenkreyß / in de ich frey seyn kan.

CUPIDO.

Ich wuste wol du würdest mich verlache /

Vnd daß ein Kind bey dir nichts gilt /

Du grosser Schütz vnd Todt der grimmen Drachen:

Halt mich für närrisch wie du wilt.

APOLLO.

Erzörne dich so sehr nicht vber mir /

Cupido mein, O wende Gnade für;

Wilt du mir ja mit deinem Bogen lohnen /

So wollest du deß Hertzens doch verschonen.

VENUS.

Du wirst wol sehn was du gethan /

Wann auß dem Schertzen Ernst entstehet,

Wirst sehen was mein Söhnlein kan /

Wiewol es bloß vnd blind hergehet.

CUPIDO.

Bring' ich dem stoltzen Hertzen

Nicht Angst vnd Todtes-Pein /

So will ich nicht dein Kind mehr seyn.

VENUS.

Du empfindest billich Schmertzen /

Eyferst billich / lieber Sohn.

Gieb jhm seinen rechten Lohn /

Daß er möge noch erfahren

Was deine Macht vnd seine Hoffart thue:

Du wirst hier keiner Kräfften sparen.

CUPIDO.

Ich habe weder Rast noch Ruhe

Biß ich mich recht an jhm gerochen /

Vnd mit dem Bogen hier

Den er verhöhnt zur Vngebühr

Ihm seinen stoltzen Muth gebrochen.

Gar gerne thue ich' s nit dz ich soll vo dir gehe.

Ich bleib' auch wo mir' s wirdt geschafft:

Doch Rache die man an läßt stehen

Verleurt durch Saumung jhre Krafft.

VENUS.

Geh' immer hin in Zeiten /

Vnd denck auff Rach' vnd List;

Dann wann du zornig bist

So hat man ohn gefahr dich nit an seiner seite.

Ich kan allhier in dessen bleiben /

Vnd vmb den grünen Waldt

Die Zeit vertreiben;

Hernach so bald

Du herkömpst will ich mit dir hin

In vnsern Himmel ziehn.

Wer von der Lieb' ist franck vnd frey

Der mag wol billich frölich leben /

Doch schaw' er zu daß er nicht sey

Der Hoffarth allzusehr ergeben.

Er laß' vns vnverlacht;

Diß ist der schluß de hat mein Son gemacht /

Der Abschied den er spricht.

Fühlt jhr gleich Lieb' anjetzund nicht /

So kan doch bald ein Stündlein kommen

In dem durch jhre Pein

Euch Muth vnd Hertze wird benommen.

Alsdann wird Amors Macht

Euch nicht verborgen seyn

Die jhr anjetzt verlacht

CHOR DER HIRTEN.

O du kleiner nackter Schütze /

Wann der Bogen den du spannst

Giebet solche Liebes-Hitze

Daß du Götter fällen kanst:

Was dann wirst du nicht / O Kind /

Vns thun / die wir Menschen sind?

Vnser Hertze muß sich kräncken /

Vnsre Sinnen sind betrübt /

Wann wir an den Jüngling dencken

Der sich in sich selbst verliebt;

Der verlohr die Menschen-Art /

Vnd zu einer Blumen ward.

Aller schönen Nymfen Hertzen

Brannten gegen jhm für Pein;

Aber er ließ jhre Schmertzen

Ohne Trost vnd Hoffnung seyn.

Zwar sehr groß war seine Zier /

Doch der Hochmuth gieng jhr für.

Eine starb in Liebes-Orden /

Gar zu tieff durch jhn versehrt /

Die hernach ein Schall ist worden

Den man nach vns ruffen hört:

Aber Amors grimme Macht

Straffte solche strenge Pracht.

Wie er sonst hatt' euch versehret /

O jhr Nymfen für der Zeit /

Also ward er jetzt bethöret

Durch sein' eygne Zierlichkeit /

Biß er noch sein Ende nahm /

Vnd in Zahl der Kräuter kam.

Laßt vns ja vns selbst nicht lieben /

Bild' jhm niemand zu viel ein /

Will er sich nicht selbst betrüben /

Vnd in Furcht ohn Hoffnung seyn:

Wündsch' jhm weder Weib noch Mann

Zu erfahrn was Amor kan.

Der dritte Act.

Dafne. Apollo.

DAFNE.

Es ist die Spur deß Hirschen ja für mir.

Wie laß bin ich! Ach! wer' er doch allhier.

APOLLO.

Wer muß nur diese seyn /

Die auß den Augen lässet blincken

So einen hellen Himmels-Schein

Den ich spür' in mein Hertze sincken?

DAFNE.

Ich denck jhm noch wol für zu biegen

Im Fall ich eyle.

Ich muß nur sehn ob auch der Peil wird fliege /

Vnd scharpff seyn wie er soll.

APOLLO.

Ach! scharpff genung sind deiner Augen Pfeile:

Ich fühle sie ja wol;

Sie verwunden mich von ferrnen.

Bist du nicht der Nymfen eine /

Oder / wie ich auch vermeine /

Eine Göttin auß den Sternen?

Wie daß du Pfeil' vn Bogen an dich henckest?

DAFNE.

Ich such' ein schnelles Wild /

Vnd bin ein sterblichs Weibesbildt /

Nicht eine Göttin wie du denckest.

APOLLO.

Gläntzt in der schönen Sterbligkeit

Dergleichen Liecht /

So frag' ich nach dem Himmel nicht.

DAFNE.

Das Thier verläufft sich allzu weit:

Ich muß den Fuß nur ferrner setzen.

APOLLO.

Du kanst doch mit den Augen hetzen /

Im Fall du schon nicht Berg vnd Thal

Mit deinen Pfeilen

Durchsuchest vberall.

DAFNE.

Nichts anders wündsch' ich zu ereylen:

Die Lust so ich im Sinne führe

Sind Berge / Püsch' vnd Thiere:

Diß ist der Raub der bey mir gilt.

APOLLO.

Du fällest nicht nur blosses Wildt;

Dann deiner stoltzen Augen Liecht

Kan auch die Götter selbst versehren;

Ihr Hertz' ist für dir sicher nicht.

DAFNE.

Die Götter pfleg ich hoch zu ehren:

Durch meine Pfeil' vnd Bogen

Wird nur das Wild betrogen.

Du aber säumest mich

Mit langem stehen.

APOLLO.

Vergönne mir daß ich

Mag mit dir gehen.

Ich weiß die Thiere wol zu fällen:

Wir wollen eine Jagt

Mit grosser Lust anstellen

Die mir vnd dir behagt.

DAFNE.

Es darff sich nichts zu mir gesellen

Als Pfeil vnd Bogen nur. Glück zu.

APOLLO.

Ach warte / warumb eylest du?

Erkenne doch / O schöne / wer dich liebet;

Ein Gott ists der sich dir ergiebet /

Der dich begehrt. gieb deinem Glücke statt /

Nimb an den guten Rhat.

Ach fleuch / ach fleuch doch nicht!

Mein Hertze das zerbricht /

Vnd zwingt mich daß ich schneller eyle

Als diese meine Pfeile

Wann mir ein Wild auffstößt.

Du rennest / läuffst vnd gehst

Wohin du wilt so will ich folgen können.

Wer eyfrig liebt dem kan kein Ding entrinen

CHOR DER HIRTEN.

Liebe wer sich selber haßt;

Aber wer sein gutes Leben

Will der freyen Ruh ergeben

Reißt sich von der argen Last;

Suchet für das süsse Leyden

Felder / Wild / Gepüsch' vnd Heyden.

Ihm gefällt die Faulheit nicht

Die nicht als zum bösen wachet /

Die den trägen schwächer machet /

Vnd der starcken Krafft zerbricht;

Die den Geist zeucht auff die Erden /

Vnd heißt Männer Kinder werden.

Seine Lust die er begehrt /

Die jhm kürtzet manche Stunde /

Sind berühmbte schnelle Hunde /

Vnd ein Ritterliches Pferdt;

Sein Gemüthe muß sich letzen

Mit dem Adelichen hetzen.

Wann der Reiff das Feldt betawt /

Vnd die Vögel mit dem singen

Vmb die Morgenröthe springen / /

Sitzt er munter auff vnd schawt

Ob er mit den schnellen Winden

Kan ein schönes Stücke finden,

Also dringt die scharpffe Pein

Nimmer in sein grosses Hertze

Das von Wollust / Lieb' vnd Schertze

Gantz will frey vnd sicher seyn /

Will nicht von den Frewden wissen

Die Gemüth' vnd Leib muß büssen.

Flieht ingleichen diese Lust

Die doch nur den weichen Sinnen

So nichts Mannlichs vben können

Soll bekandt seyn vnd bewust;

Die nur wie ein Schatten stehet /

Der bald wird vnd bald vergehet.

Der vierdte Act.

Cupido. Venus.

CUPIDO.

Was gilt' s ich habe dir den stoltze Muth gebrochen

Der meine Macht

Sonst hat verlacht /

Vnd mich an dir gerochen?

So lernt jhr Götter nach der Zeit

Hier meines Köchers innen werden

Vnd jhr / jhr sterblichen / erhebet weit vn breit

Mein hohes Lob auff Erden.

VENUS.

O süsser Sohn / was hastu doch gethan?

Was will diß frölich seyn vnd lachen?

Was ist es doch mein Kind? sag' an;

Daß ich mich auch kan lustig machen.

CUPIDO.

O Mutter laß mir einen Wagen

Von Gold' vnd Edlen Steinen bawen:

Jetzt mag ich einen Krantz zum Sieges-Zeichen tragen;

Die Götter sollen heute schawen

Wie recht ich triumphiren kan.

Der Gott so von der Himmels-Bahn

Mit seiner Strahlen Krafft die gantze Welt durchscheint

Hat meines Bogens Rach' empfunden /

Geht jetzt vnd weint /

Ist kranck an Liebes-Wunden.

VENUS.

Kan ein Gott auch rühmen sich /

Daß er für dir frey sey blieben?

Sohn / Sohn / dencke wer bin ich /

Folgt doch deine Mutter dir /

Muß nach deinem Willen leben

Götter oben / Menschen hier.

CUPIDO.

Zwar trawrig hab' ich dich gemacht /

Jedoch so hast du auch gelacht.

Ich hab dich gar nie gesehen weinen

Wie Mars in deinen Armen lag

Eh' als der helle Tag

Verrähterisch de Glantz ließ auff euch scheine.

VENUS.

Ach schweig: Doch weissest du wie mir entfiel der Muth /

Vnd wie mein Antlitz ward als Blut.

Aber laß vns hier nicht stehen;

Es ist Zeit

Heim zu gehen

In das Hauß der Ewigkeit.

CHOR DER HIRTEN.

Kein schnelles Wild dz in de Püsche lebt /

Dem Graß die Nahrung giebt /

Kein Vogel auch der vmb die Wolcken schwebt /

Kein Fisch bleibt vnverliebt:

Nichts ist was wohnt auff Erden /

Wo Lufft vnd See durchstreicht /

Was ist vnd noch soll werden /

Das nicht der Liebe weicht.

Die Kräuter selbst so ohne Geist auffgehn

Sind Freund doch vnter sich;

Kein Element kan bey dem andern stehn /

O Amor / als durch dich:

Der Mensch ist's der die Gaben

Deß liebens von sich streicht /

Vnd will ein Hertze haben

Das nicht der Liebe weicht.

Der eine stellt auff vngezähmtes Wild /

Der reyset Tag vnd Nacht /

Ein andrer hört wann die Trompet' erschülle

Vnd Fug zum kriegen macht /

Der schawet daß mit Schertze

Vnd Lust die Zeit verstreicht /

Damit er hab' ein Hertze

Das nicht der Liebe weicht.

Doch wan vns kömpt deß Leibes thewre Wahr

Der Augen Strahlen für /

Der weisse Halß / das Goldtgemengte Haar /

Der rothen Lippen Ziehr /

So muß man innen werden

Daß nichts sich jhnen gleicht /

Vnd kein Ding sey auff Erden

Das nicht der Liebe weicht.

Der fvnffte Act.

Apollo. Dafne.

APOLLO.

Bleib / Nymfe / bleib; ich bin dein Feind ja nicht

Daß du so lauffst mein Liecht /

Als wann ein armes Schaff vom Wolffe wird getrieben.

Mein folgen kömpt vom lieben.

Ach / Ach / daß für die grosse Brunst

Kein Kraut wächst auff der Erden!

Was hilfft mich jetzo meine Kunst

Durch welche sunst

Ein jeder heil kan werden.

DAFNE.

O Vatter Peneus / nim mich an /

Dein vnbeflecktes Kind. O Vatter hilff doch mir /

Im Fall ein Fluß auch helffen kan.

Bedeck' / O Erde / mich nim zu dir meine Zier /

Verschling sie / od laß sich meine Leib verkehre

In etwz welches mich kan der gewalt erwehre.

APOLLO.

Soll dann / jhr harten Rinden /

Die vnbefleckte Zier /

So Hertz vnd Sinn mir kundte binden

In euch verdeckt seyn für vnd für?

Ihr Augen / die jhr mehr ein Quell als Augen seyt /

Bleibt an die Zweige hier gehefftet jederzeit.

Hier da ist das edle Hertze

So das meine mir zerbricht;

Hier ist mein der Sonnen Liecht /

Das die helle Tages-Kertze /

Die Vertreiberin der Nacht /

Aller schwartz vnd tunckel macht.

Wiewol ich sonst vnsterblich bin /

Doch sterb ich jhrentwegen hin.

Ach Nymfe / die du dich

Hast eines Gottes Lieb' erwehret /

Dardurch dein schöner Leichnam sich

In einen Lorbeerbaum verkehret /

Es widerfahr in Ewigkeit ja nicht /

Daß ich dein Lob nit soll' in Himmel mit mir führen.

Mit deinen Blättern will ich allzeit / O mein Liecht /

Diß güldne Haar mir ziehren.

Diese meine Pflantze hier

Soll begrünt seyn für vnd für /

Soll in Kält vnd Hitze stehen /

Für dem Wetter frey vnd loß:

Donner / Plitz vnd harter Schloß

Soll bey dir fürüber gehen.

Die Regenten dieser Welt /

Vnd ein vnverzagter Heldt

Der sich Ritterlich geschlagen

Vnter seiner Feinde Schar /

Soll vmb sein sieghafftes Haar

Diese frische Zweyge tragen.

Herd' vnd Hirten sollen dir

Lassen deine grüne Zier:

Hier soll frey von andern Dingen

Nymf vnd Göttin jhre Zeit

Lustig vnd in Frölichkeit /

O du edler Baum / verbringen.

DER NYMFEN VND HIRTEN TANTZ *vmb den Baum.*

O Schöne Nymfe / frewe dich /

Dein Leib der vor besorget sich

Man würd' jhn nicht verschonen /

Nach dem er Laub vnd Schatten giebt

So wird der schöne Baum geliebt

Auch da wo Götter wohnen.

Kein Plitz ist der dein Kleyd zerbricht /

Du achtest keinen Regen nicht.

Blühst stets mit grünen Haaren /

Legst nimmer von dir deine Zier /

Bekräntzest grosse Fürsten hier /

Vnd auch der Götter Scharen.

Nun wachse fort als wie du thust /

Geneuß mit Frewden deiner Lust /

Vnd deiner schönen Gaben.

Wir wollen wo ja Amors Pfeil

Vns gleichfalls giebet vnser Theil /

Ihn auch in Ehren haben.

Vnd trügen wir dann Liebes Gunst /

Laß vnsrer Augen trewe Brunst

Der Liebsten Sinn durchdringen;

Laß vnsers guten Hertzens Pflicht

Wie Eyß das von der Sonnen bricht

Ihr hartes Hertze zwingen.

Wo aber es sich auch begiebt

Daß die von vns nicht wird geliebt

Die vns liebt je auff Erden /

So laß diß vnser Haar allhier

An stadt deß Lorbeerbaumes Zier

In Hew verwandelt werden.

Nun grüne fort vnd mit dir auch

Der vberedle Rauten-Strauch /

Der vns erhält das Leben;

Der Himmel laß' jhn seine Frucht /

Die manches kranckes Land jetzt sucht /

Von Zeit zu Zeiten geben.

Nim zu vnd wachse für vnd für /

O Rautenstrauch / der Felder Zier /

Für dem die Schlangen fliehen /

Der böse Lust vnd Schmertzen stillt /

Für dessen Krafft kein Gifft was gilt /

Vnd kan vnß nicht durchziehen.

Nim zu vnd wachse für vnd für /

Vnd deine Zweygen neben dir /

Die alle Schönheit ziehret;

Von denen einer sich jetzt giebt

Dem Löwen der jhn hertzlich liebt /

Vnd hin in Hessen führet.

O schöner Frühling / frewe dich /

Der Blumen Lust erhebe sich /

Die Vögel müssen singen:

Der Zweyg so dich / O Löw' ergetzt /

Den Venus in dein Land versetzt /

Wird newe Zweyge bringen.

Wir sehen schon wie nach der Zeit /

Wann Jupiter den harten Streit

Durch Teutschland noch wird stillen /

Wir sehen wie der Rauten Ziehr

Mit grüner Lust wird für vnd für

Feldt / Berg vnd Thal erfüllen.